AF484328

БЕЗУМИЕ ВОЙНЫ

БЕЗУМИЕ ВОЙНЫ

ЧАСТЬ I — БЕЗУМИЕ ВОЙНЫ

Война как событие

ЧАСТЬ II — НЕЗАКОНЧЕННАЯ ВОЙНА

Война как состояние

by
Alex Avetis

«Незаконченная война — это жизнь, которая всё-таки продолжается.»

ОТ АВТОРА

Эта книга — не документ и не хроника.

Она не стремится объяснить войну

и не пытается её оправдать.

Я писал её не о событиях,

а о том, что остаётся после них —

о тишине, которая приходит не сразу,

о памяти, которая не уходит,

и о человеке, который продолжает жить

после того, как война формально заканчивается.

«Безумие войны» *— это попытка зафиксировать момент,*

когда война заканчивается на поле боя,

но продолжается внутри человека.

Первая часть — это война как событие.

Вторая — война как состояние.

Между ними нет чёткой границы.

Есть человек,

который пытается сохранить себя,

память

и способность жить дальше,
не передавая войну другим.

Многие сцены в этой книге основаны на реальном опыте.
Другие — на внутреннем переживании,
которое невозможно проверить,
но невозможно и забыть.

Я не писал эту книгу,
чтобы передать боль дальше.
Я писал её,
чтобы остановить её здесь.

Если читатель узнает в этих страницах
что-то своё — значит, он не один.

И, возможно, этого достаточно.

— Alex Avetis

Первое издание

ISBN: 979-8-9949132-3-9
Издательство: Alex Avetis Publishing
Лас-Вегас, Невада, США

Контакты: www.alexavetis.com
Отпечатано в Соединённых Штатах Америки

ОГЛАВЛЕНИЕ

ЧАСТЬ I

БЕЗУМИЕ ВОЙНЫ

Война как событие

Глава 1. До войны

*«Иногда жизнь ещё тиха,
но внутри уже слышен гул.»*

*Когда Борис работал в шахте, жизнь казалась тёмной клеткой
— шум, пыль, вибрация, пот и тяжёлый воздух, который оседал в
лёгких навсегда.*

*Шахта притупляет мысли. Человек остаётся наедине с собой, и
если он не удерживает голову прямо, он становится своим
собственным врагом.*

*Борис жил между сменами: вниз, наверх, поесть, упасть в кровать
— и снова вниз.*

*Дни проходили одинаково. Недели слипались, как страницы
старой книги.*

*Но внутри у него жило ощущение, будто он застрял между двумя
жизнями — той, которая уже закончилась, и той, которая ещё не
началась.*

Он привык к рутине.

Но под ней всё время жило напряжение — как будто что-то приближалось, а он не знал что.

А потом всё сломалось.

Глава 2. Йом-Кипур

*«Самая громкая война
входит в самый тихий день.»*

Война Судного дня началась шестого октября 1973 года.

*Когда Израиль погружался в тишину святого дня Йом-Кипур,
когда улицы пустели и люди закрывали магазины, чтобы провести
день в молитве, война вошла в мир как раскалённое лезвие.*

*День, когда в Израиле стоит тишина — Йом-Кипур, самый
священный праздник.
День, когда даже воздух дышит медленно.*

*В этот самый день прозвучало то, что разорвало тишину, как
крик сквозь молитву: внезапная атака арабской коалиции. Удары
обрушились сразу — как будто небо само перевернулось и начало
падать.*

И через несколько часов страна уже погружалась в хаос.

Глава 3. Призыв

*«Есть дороги, на которые не сворачивают —
на них выводят.»*

Борис не успел понять, что происходит, когда его вызвали в военкомат. От шахтёрской пыли до армейской формы — один короткий путь, который не выбирают.

Его призвали немедленно.

Вокруг были такие же люди — молчаливые, собранные, будто уже знающие, что обратной дороги нет.

Но никто ещё не знал, что эта война перевернёт Бориса так сильно, что он перестанет узнавать себя.

Глава 4. Белая скорая

«Иногда между жизнью и смертью стоит только руль.»

Бориса назначили в скорую помощь — водителем медицинской машины международного Красного Креста. То, что у него был опыт работы в скорой, спасло ему жизнь... и одновременно разрушило её.

Его задача была проста по словам и невыполнима по сути: вывозить тяжелораненых с поля боя на госпитальную базу. Иногда — под пулями, иногда — между разрывами снарядов, иногда — буквально из-под танковых гусениц.

Это была белая, слегка потёртая машина, внутри которой стояли две койки по бокам, две носилки были закреплены наверху — максимум четверо раненых за раз. Иногда приходилось перевозить пятерых — когда один уже не подавал признаков жизни.

С самого первого выезда Борис понял, что война — это не шум, не крики, не пламя.

Это гул в голове, который не умолкает.

Он вытаскивал людей из грязи, песка, из-под обломков, под свист пуль, под рёв танков. Иногда приходилось ползти. Иногда — бежать. Иногда — стоять над человеком и ждать, пока затихнет огонь.

Он видел всё: кровь, грязь, дым, осколки. Видел людей без рук, людей без ног, людей, которые уже не здесь, но тело их ещё не знает об этом.

Война открывалась ему не как бой, а как бесконечная дорога — туда и обратно, между жизнью и смертью.

И его голова начинала меняться.

Потому что есть вещи, которые нельзя вынести и остаться прежним.

Глава 5. Правило

«Есть приказы, которые выполняет тело.
И есть приказы, которые ломают душу.»

Было правило, жёсткое, прописанное в инструкциях Красного
Креста:

«Если ты ползёшь за раненым, который зовёт тебя на твоём
языке,
ты обязан ползти к нему.
Но, если рядом лежит раненый араб — ты обязан забрать его
первым».

Неважно, что говорит сердце.
Неважно, что в голове кипит ярость.
Неважно, что тот, кого ты любишь, воюет на другой стороне.

Сначала — враг.
Потом — свой.
Иначе — военный трибунал.

Это была гуманность, доведённая до жестокости.

Это была война, в которой человеческое и нечеловеческое переплетались так, что никто уже не понимал, где граница.

Борис слушал инструкции — и внутри него что-то медленно ломалось.

Борис сжимал зубы.
Внутри кипело.
Но он выполнял.

Иногда он подползал к своим — к тем, кто кричал: «Брат, помоги!» — и был вынужден пройти мимо, взять за плечи обескровленного, испуганного человека в чужой форме, с чужим языком, и тащить его первым.

Это разрывало Бориса изнутри.
Но он делал.

Он понимал: придёт день, когда между правилом и его горящей яростью возникнет трещина.
И она обязательно прорвётся.

Глава 6. Египетское направление

«Когда земля кипит,
человек учится не чувствовать.»

Бориса отправили на египетское направление — одно из самых жестоких.

Египетское направление было другим.

Там война не скрывалась — она шла открыто, тяжело, без пауз. Танки двигались, как живые существа, не оглядываясь. Самолёты рвали небо так низко, что казалось: ещё немного — и они заденут землю крыльями.

Земля дрожала постоянно. Не от взрывов даже — от напряжения. Воздух был густым, будто в нём растворили металл.

Борис ездил туда и обратно. Рейсы сливались. День, ночь — разницы почти не было. Иногда он ловил себя на том, что не помнит, сколько времени прошло: часы или сутки. Война стирает календарь.

Он вытаскивал людей из песка, из грязи, из-под обломков. Полз. Бежал. Ждал, пока утихнет огонь. Иногда стоял над раненым и ждал — не врача, а паузы между выстрелами.

Он видел всё.
Кровь.
Осколки.
Тела, которые ещё живы, но уже не здесь.

И постепенно он начал понимать: если чувствовать всё это — не выживешь.

Человек либо притупляется, либо ломается. Борис притуплялся.

Глава 7. Друг

*«Есть люди, ради которых меняют страны.
И есть войны, которые их забирают.»*

У Бориса был лучший друг — как брат.

Они росли вместе. Вместе смеялись. Вместе уезжали. Вместе мечтали.

Друг уехал в Израиль раньше. Борис поехал за ним — не из-за страны, не из-за идеологии. Из-за человека. Он хотел снова быть рядом. Хотел прийти к нему в гости, сесть за стол, поговорить о будущем, о новой жизни, о возможностях.

*Но в первый же день войны друг погиб.
Этого будущего уже не было.*

Когда Бориса призвали, он уже знал об этом. Но знание не доходило. Смерть близкого человека — это не новость. Это трещина, которая появляется внутри и медленно расползается.

Друг служил на границе. В Йом-Кипур солдат отпустили домой — отпраздновать. Удар пришёл именно в этот момент. Настолько внезапный, что многие не успели даже добежать до танков. Некоторых задавили прямо в казармах.

Эта картина преследовала Бориса, хотя он её не видел — он просто знал, что так было.

Глава 8. Закрытый ящик

*«Похороны без тела не закрывают смерть —
они открывают пустоту.»*

О гибели друга Борис узнал не сразу. В первые часы войны информация шла обрывками. Никто ничего не знал точно. И в этом незнании жила странная надежда: вдруг он жив.

Были слухи. Были разговоры о плене. Были паузы, в которых можно было дышать, потому что окончательной точки не было.

Если бы Бориса не мобилизовали, он пошёл бы искать друга. Через границу. Под обстрелами. Через всё что угодно.

Потому что между надеждой и смертью иногда всего один шаг — но люди всё равно идут.

Потом пришло подтверждение. Короткое. Без подробностей. Погиб в первый день. На границе.

И что-то внутри Бориса оборвалось.

Не крикнуло.

Не взорвалось.

Просто ушло — как воздух из проколотого колеса.

После этого он стал другим.

Глава 9. Тормоз

«Иногда зло выходит не ударом,
а движением.»

Он продолжал выполнять приказы. Вёл машину аккуратно, как раньше. Проверял носилки, закреплял ремни, смотрел на дорогу.

Но внутри появилась тяжёлая, густая злость.

Она не кричала — она жила.

Она сидела в горле.
Она поднималась к голове.
Она не давала спать.

Иногда, когда раненый араб стонал в кузове, Борис ловил себя на мысли, что ему всё равно.

Иногда — что ему хочется, чтобы тот замолчал навсегда.

И от этих мыслей ему становилось страшно.

Он знал, что это неправильно.

Но злость не спрашивала.

Но война делает людей не теми, кем они хотят быть.

В один из дней он подобрал тяжелораненого араба после боя. Тот был без сознания, закреплён ремнями на верхней койке. Машина тряслась на колдобинах. Пыль стояла столбом. Всё было обыденно.

Но внутри Бориса в тот день кипела такая ярость, что он не удержал её.

И он сделал то, что не делает человек, а делает боль внутри него:

Он резким движением нажал на тормоз.

Так резко, что раненый араб сорвался со своей койки, ударился и упал на пол.

Из его груди вырвался дикий крик.

Борис услышал этот крик — и замер.

И Борис вдруг почувствовал... облегчение.

В нём было что-то...
что-то, что странным образом давало облегчение.

Будто что-то горячее, давившее изнутри, чуть ослабло.

Как если бы боль, наконец, вышла наружу — но не из него.

Он почувствовал в горле тепло — как будто густой дым вышел наружу.

Как будто на секунду боль внутри его самой души замолчала.

Это был не он.

Это был тот зверь, которого война вырастила в нём за короткое время.

Глава 10. Русский язык

*«Война ломается там,
где враг говорит твоим голосом.»*

Когда Борис остановил машину и начал усаживать раненого обратно, внутри него бурлила ярость.

Он начал говорить — по-русски, чтобы араб не понял:

— Падло... чтоб ты сдох... скотина...

Он видел перед собой не человека. Он видел врага. Того, кто забрал у него друга. Того, кто отнял у него мир.

*Но вдруг — совершенно неожиданно —
араб ответил... тоже по-русски.*

Глухо, с акцентом:

*— Дорогой... зачем ты на меня злишься? Думаешь, я хочу быть на войне?..
У меня семья. Дети. Я хочу жить.*

Если не пойдёшь на войну — у нас тоже трибунал.

Я такой же человек, как ты...

И эти слова ударили по Борису сильнее, чем всё, что он видел до этого.

Он не ожидал услышать русский.

Не ожидал услышать правду.

Он замолчал.

И впервые за долгие дни — почувствовал мысль:

«Почему я злюсь на него? Он — не тот, кто убил моего друга...»

Он посмотрел на этого человека — и впервые увидел не врага, а солдата. Такого же, как он сам. Пойманного между приказом и жизнью.

И тогда в голове Бориса что-то щёлкнуло.

В тот момент внутри него впервые дрогнуло то, что вскоре начнёт рушиться.

Глава 11. Усталость

*«Человек держится,
пока не перестаёт спать.»*

Борис почти не спал.

Его вызовы были бесконечными: ночь — день — ночь снова.

Он боялся заснуть, боялся промедлить, боялся опоздать к тем, кого ещё можно было спасти.

Каждый раз, когда он вёз людей, он чувствовал, что их жизни зависят от его руля, его рук, его внимания.

Иногда он засыпал прямо на капоте машины — под открытым небом. Кто-то приносил матрасы, кто-то подушки. Люди ставили на улицах столы с едой и водой. Страна помогала сама себе, как могла, будто все стали одной семьёй в аду.

Однажды, грязный и измученный, он постучал в случайный дом.

— Можно у вас принять душ?

Ему открыли сразу. Дали полотенце. Накормили. Положили с собой еду «на дорогу».

Война убивает —
но парадоксально, она иногда проявляет в людях самое доброе.

И всё же добро не могло остановить то безумие, которое в нём росло.

Глава 12. Госпиталь

Госпиталь жил на пределе.

Койки стояли вплотную друг к другу. Коридоры были забиты носилками. Воздух — густой, тяжёлый, пахнущий йодом, кровью и потом. Врачи работали без пауз. Медсёстры засыпали стоя.

В этом месте не было врагов и своих.
Были только тела.

Арабы лежали на кроватях.
Израильские солдаты — на полу.

Не потому, что кто-то решил так специально.
Просто кроватей не хватало.

Борис видел это каждый день. И каждый раз что-то внутри него сжималось. Он не знал, как это назвать — стыдом, болью или бессилием.

Такое не забывается.

Это не укладывается в голове у человека, который видит, как погибают его друзья.

Ему казалось, что мир стал наоборот: где любовь — там боль, где долг — там абсурд, где жизнь — там смерть.

И каждый раз, когда он вытирал кровь с руля своей машины, он чувствовал, что внутри него поднимается не страх — а глухая, тяжёлая злость.

После очередного рейса он почувствовал, что тело его не слушается. Голова кружилась, руки дрожали. Он списал это на усталость и снова сел за руль.

Глава 13. Взрыв

«Некоторые войны заканчиваются внезапно.
Остальные — нет.»

*Этот день начинался так же, как и все предыдущие —
усталость, гул мотора, металлический привкус страха на языке.
Борис ехал по грунтовой дороге, везя очередных раненых — двух
тяжёлых, одного среднего и одного почти без сознания. Всё внимание
— на дорогу. Война учит: если отвлёкся на секунду — ты труп.*

Дорога была пустой.
Тишина — подозрительная.

*И вот — резкий хлопок, глухой, будто сама земля схватила воздух
и сжала его.*

*Потом — удар, такой сильный, что мир разорвался на белый и
чёрный.*

Рядом с машиной взорвалась мина.

Земля подскочила под него, словно гигантская волна. Взрывной волной землю подняло вверх. Машину подбросило, как игрушку. Нос ударился о землю. Борис почувствовал резкий удар в грудь и такую боль в ноге, будто её зажали в тиски.

Два ребра — сломаны.
Нога — зажата между тормозом и газом.

Рваная боль прошла по всему телу, как ток.

Мир стал глухим, как будто его окунули под воду.

Крики раненых превратились в далёкие звуки.

Голова ударилась о стекло — и всё исчезло.

Он потерял сознание.

Глава 14. После

«Выжить —
ещё не значит вернуться.»

Очнулся уже в госпитале. Белый потолок. Гул голосов. Запах лекарств. Белые лампы резали глаза. Чьи-то голоса звучали слишком громко.

Он пытался подняться — тело не слушалось.

— Тише, тише... — услышал он женский голос. — У вас два перелома рёбер и сильный ушиб ноги. Вам повезло, что вы вообще живы.

«Повезло».

Какое странное слово, когда внутри пустота.

Борис попытался спросить:

— Раненые... что... что с ними?..

Но никто не ответил.

Или он просто не услышал ответа — потому что сознание снова уходило, будто кто-то гасил свет внутри его головы.

Для Бориса война закончилась в тот момент.

После госпиталя Борис ходил тяжело — будто вся земля стала вязкой.

Он не мог глубоко вдохнуть — рёбра болели.
Нога ныли постоянно.

Но хуже всего было то, что он чувствовал взгляды людей на улице.

Когда он начал выходить на улицу, ему казалось, что люди смотрят на него с осуждением.

Почему ты здесь? Почему не на фронте?

Никто не знал, что под рубашкой — бинты.
Что под покровом одежды — синяки.
Что внутри — трещины, которые не видны.

И эти взгляды резали его сильнее, чем любая рана.

Он чувствовал себя виноватым — перед теми, кто воевал, и перед теми, кто погиб. Перед другом, которого больше не было.

Во время войны человек живёт на чужой стороне реальности.
После — он не может вернуться обратно.

Глава 15. Возвращение злости

«Злость — это боль,
у которой нет слов.»

Борис чувствовал: он больше не тот, кем был.

• Он начал злиться без причины.
• Он вскипал мгновенно.
• Он бросался на людей, если кто-то сказал что-то чуть резче.
• Он чувствовал постоянную, удушающую тревогу — будто невидимая рука держит его за горло.

Ночью он просыпался в холодном поту — слышал крики, которых уже не было.

Он не мог поверить, что война закончилась.

Телу — всё равно.
Тело хранит войну долго.

Злость не ушла. Она стала тише, но глубже.

Иногда он стоял на балконе слишком долго и смотрел вниз.

Ему хотелось напиться и сделать шаг вперёд — чтобы быть
ближе к другу.

Он думал:
«Может, так я буду ближе к другу?.. Может, тогда боль уйдёт?..»

Но он стоял. Держался.
Падал внутри, но держался снаружи.

Знакомые говорили:

— Тебе нужен врач. Иначе не справишься.

Он не пошёл.

Он думал, что справится сам.
Что время вылечит.
Что всё пройдёт.

Но время не лечило.
Оно только растягивало боль.

Но война просто так не отпускает.

Глава 16. Поездка

В Израиле есть дорога — длинная, прямая, как линия судьбы. С севера на юг.

Чем дальше едешь по ней, тем больше вокруг меняется язык вывесок, лица, интонации. Есть города, куда израильтяне стараются не заезжать. Не потому, что там всегда опасно, а потому что там всегда напряжённо.

Арабские города внутри Израиля. Евреи обычно объезжают эти места, чтобы не рисковать.

Но один день — не похожий на другие — Бориса словно потянуло туда.

Не логикой.
Не желанием.

А тем тёмным, кипящим внутри злом, которое он не мог удерживать.

Он ехал туда, как человек, который идёт навстречу собственному разрушению.

Он не думал, что будет дальше.
Он просто хотел одного:
чтобы боль внутри его хоть на секунду замолчала.

Это была не попытка самоубийства.
Это было отчаянное желание почувствовать удар, который вернёт его в реальность.

Он хотел освободиться. Любой ценой.

Злость не уходила.
Она жила в груди, как сжатый кулак.
Она требовала выхода.

Борис понимал, что делает глупость. Понимал, что может закончиться плохо. Но в тот момент ему было всё равно. Он устал носить эту боль в себе.

Пусть ударят.
Пусть сделают что угодно.
Только бы это закончилось.

—Я устал. Я не могу так жить.

Глава 17. Площадь

«Самые опасные места —
там, где жизнь идёт дальше.»

Но Борис ехал прямо туда — словно по указанию какой-то тёмной силы, которая не спрашивает, только требует.

Он ехал медленно по центру. Машины останавливались. Люди смотрели. Но никто не кричал, не бросался, не останавливал его.

Люди сидели возле кафе, пили кофе, играли в нарды, курили, смеялись.

Толпа была большая, но спокойная — обычная жизнь. Жизнь шла так, будто войны не было вовсе.

Это злило ещё больше.

Он припарковался у центрального кафе и вышел.

Все взгляды повернулись к нему.

Единственный еврей в их квартале — и это было видно сразу.

И это спокойствие — это равнодушие — раздражало Бориса даже больше, чем если бы на него наехали с кулаками.

За столом сидели несколько мужчин. Один из них был особенно крупным — высокий, крепкий, с тяжёлыми руками. Он бросал кости нард, лениво улыбаясь. Когда он сидел, они почти были одного уровня.

Борис подошёл к ним.

*И Борис посмотрел ему в глаза —
прямо, холодно, почти безумно —
и сказал командным, резким голосом:*

— Встань. Быстро.

Толпа притихла.

Мужчина поднял голову. Он не понимал, чего хочет этот парень — еврей, который пришёл один, безоружный, в их район. Посмотрел с удивлением. Он говорил на иврите — как почти все арабы, живущие в Израиле.

— Что случилось? — спросил он.

Борис подошёл ближе. Настолько близко, что почувствовал запах кофе и табака.

Он ударил себя ладонью по щеке.

Не сильно.

Но достаточно, чтобы звук был слышен.

— Ударь меня, — сказал он.

Глава 18. Смех

*«Иногда удар лечит лучше,
чем тишина.»*

Араб отступил на шаг.

Он чувствовал, что здесь что-то не так.

Этот человек не хотел победить — он хотел быть побеждённым.

— Ты что, сумасшедший?

— Боишься? — голос Бориса стал резче. — Ударь.

Толпа ожила.

Кто-то засвистел.

Кто-то закричал: «Дай ему!»

Кто-то просто смотрел, как на театр.

Вокруг начали собираться люди. Им стало интересно. Кто-то усмехнулся.

— Смотрите, — сказал кто-то по-арабски. — У него с головой плохо.

*Мужчина встал. Сначала осторожно. Потом ударил Бориса —
легко, почти по-дружески.*

Борис рассмеялся.

*— Это всё? — сказал он. — Ты только погладил меня своим первым
ударом, да? Давай сильнее.*

Он толкнул мужчину в грудь.

Араб, уже раздражённый, снова ударил Бориса — сильнее.

Борис пошатнулся, но устоял.
И, словно сумасшедший, засмеялся.

— Вот! Уже лучше!
Ещё!

Он снова толкнул араба.

Это был вызов не мужчине — это был вызов миру.

Улыбка исчезла.

— Хватит, — сказал тот. — Отойди.

Борис толкнул его снова.

Он не провоцировал его ради драки.
Он провоцировал судьбу.

Он был не пьян, не безумен — он был сломан.

И вот — араб, потеряв терпение,
нанёс удар всем телом, всем весом, всей яростью.

Третий удар был настоящим.

Удар был таким сильным, что голова Бориса унеслась вправо,
его тело согнулось,
земля качнулась.

Сильный. Резкий. Такой, что у Бориса на мгновение потемнело в
глазах.

Толпа вокруг зашевелилась.

Он упал — но в этот момент услышал вокруг себя взрыв смеха.

Толпа смеялась.
Араб смеялся.
Все смеялись.

Борис поднял голову.
Сначала медленно — как человек, который возвращается из другого
измерения.

Он посмотрел вокруг — и сам...
сам расхохотался.

И вдруг — белый свет в голове, — начал смеяться.

Он смеялся громко, безумно, освобождающе.

Как будто из него наконец вышло что-то давнее и тяжёлое.

Это был не смех.
Это был крик, который наконец нашёл выход.

И этот смех — общий, живой, человеческий —
порвал цепь, которая давила на него изнутри.

Араб, который минуту назад бил его, подошёл и обнял его —
крепко, по-дружески.

— Ты странный, — сказал он. — Но смелый. И... хороший.
Ты не враг.

К ним подошли другие мужчины.

Кто-то похлопал Бориса по плечу,
кто-то поддержал под локоть,
кто-то сказал: «Всё нормально, друг?»

Люди вокруг смеялись вместе с ним. Они помогли ему дойти до
машины. Посадили за руль. Помахали рукой.

А Борис уезжал — и впервые за долгие месяцы чувствовал,
что внутри него стало тихо.

Внутри было пусто.
Но это была хорошая пустота.

Как будто кто-то выключил шум войны в его голове одним ударом.

Злость ушла.

Глава 19. Тишина

*«Бывает пустота,
в которой можно дышать.»*

*Когда Борис уехал из арабского города, он ехал медленно,
осторожно, как будто боялся нарушить ту хрупкую тишину,
которая поселилась внутри него после удара и смеха.*

*Солнце уже клонилось к закату.
Дорога тянулась вдоль пустынных холмов, в воздухе стоял запах
перегретого песка.*

*И впервые за долгое время Борис чувствовал — не пустоту, не
злость, не тяжесть — а облегчение.
Будто кто-то повернул внутри него ключ и открыл давно
заклинившую дверь.*

*Он дышал глубоко.
Смотрел на горизонт.*

И впервые за месяцы его дыхание не сбивалось, не переходило в панический рывок.

Он понял:
он вернулся.

Не полностью.
Но вернулся.

После того дня он больше туда не возвращался.
Не было нужды.

Что-то внутри него уже осталось там — на площади, среди чужих лиц, смеха и удара, который оказался сильнее всех лекарств.

Он не чувствовал победы.
Не чувствовал облегчения.
Он просто снова чувствовал себя.

Эта драка — нелепая, рискованная, абсурдная —
стала тем, что не смогли сделать ни врачи, ни капельницы, ни время.

Она вернула Бориса к жизни.

ПТСР не исчез полностью — так не бывает. Это не болезнь, это тень.
Но тяжесть ушла.
Дыра перестала расти.
Злость ушла наружу.

Но теперь эта тень не душила — она просто была там, где-то рядом, существовала, но не управляла им.

Он перестал вскакивать ночью.

Его руки перестали дрожать, когда он слышал громкий звук.
Он стал смотреть людям в глаза — и видеть не угрозу, а лица.

Он стал медленно возвращаться к себе прежнему — тому, кто был до взрывов, до крови, до потери друга.

Но рана, которую оставила смерть друга, не исчезла.
Она просто стала частью его сердца.

Он почувствовал, что снова может жить как человек,
а не как тень, которая несёт в себе войну.

Ночи стали тише. Сон всё ещё приходил тяжело, но без той липкой злости, что раньше держала горло сжатым. Иногда он просыпался от воспоминаний — от резких звуков, от запахов, от лиц.

Но теперь он знал: это можно пережить.

Он стал меньше кричать на людей. Перестал вздрагивать от каждого слова. Перестал искать врага в каждом взгляде.

Он часто сидел один, на балконе или у окна, и думал о нём.
О друге, который был как брат.
О человеке, который сделал свою судьбу частью Борисовой.

О том, что если бы они оба выжили,
их жизнь была бы совсем другой...

Иногда Борис ловил себя на чувстве вины:
почему он выжил, а тот нет?

Иногда — на беззвучном разговоре с другом в своей голове.

Иногда — на тихой слезе, которую он вытирал, чтобы никто не видел.

Но эта скорбь больше не душила.
Теперь она была светлой.
Как память, а не как рана.

Он больше не ждал, что тот вернётся.
Не строил в голове разговоров.
Не спорил с прошлым.

Осталась только скорбь — чистая, тихая, без злости.

Глава 20. Мечта

«Пока человек может мечтать —
он жив.»

Когда всё улеглось,

когда тело стало заживать,

когда ночи снова стали ночами, а не кошмарами,

Борис вспомнил, что осталась одна вещь, которую война почти

отняла у него — свою мечту.

Когда-то, ещё до всего этого, он хотел уехать далеко. Очень далеко.
Туда, где холодно и пусто. Где нет криков, нет выстрелов, нет
границ между «своими» и «чужими».

То далёкое место, где, как ему казалось, можно начать жизнь
заново.

Аляска.

Тогда эта мечта казалась наивной. Потом — ненужной. Потом
— невозможной.

Теперь она вернулась.

Он не знал, поедет ли туда на самом деле.
Не знал, получится ли.
Не знал, хватит ли сил.

Но сама возможность мечтать снова означала одно:
он выжил.

Человеку трудно жить без мечты.
Без неё жизнь становится просто движением — из дня в день, без
направления.

Он понял:
если человек лишается мечты,
он перестаёт жить,
он просто существует.

Война чуть не забрала у него мечту.
Но он её вернул.

Война забирает многое.
Иногда — почти всё.

Но если после неё остаётся хотя бы одна мечта, значит,
не всё потеряно.

Заключение

Борис сидел на вершине небольшого холма, смотрел на закат.

Небо было окрашено в медь и золото.
Песок тихо шуршал под лёгким ветром.

Борис подумал:

«Самый опасный бой — внутри себя.
И если ты его выиграл — ты уже победитель.»

Он не считал себя героем.
Не считал, что сделал что-то великое.
Но он выжил.
Он сохранил сердце.
Он нашёл путь обратно.
И это было самое главное.

Война не заканчивается в тот день, когда стихает стрельба.
Она заканчивается тогда, когда человек снова начинает чувствовать себя живым.

Борис прошёл через то, через что проходят многие, но о чём редко говорят вслух:

через злость, вину, стыд, пустоту, желание исчезнуть — и
медленное возвращение к себе.

Он не стал героем.
Он не стал примером.
Он просто выжил.

И этого оказалось достаточно.

Память о войне осталась с ним — не как крик, а как шрам.
Шрам не болит каждый день, но он напоминает: это было.
И это изменило его навсегда.

Но вместе с этим осталась и жизнь.
Осталась способность смотреть вперёд.
Осталась мечта.

А значит — путь продолжается.

— ◊ —

ЧАСТЬ II

НЕЗАКОНЧЕННАЯ ВОЙНА

Война как состояние

65

*«Незаконченная война —
это жизнь, которая всё-таки продолжается.»*

«Есть похороны, которые закрывают жизнь.
А есть похороны, которые открывают бездну.»

Глава 1. День, который объявили, как приказ

«Некоторые войны не начинаются —
они продолжаются внутри.»

День массовых похорон объявили так, будто объявляют выходной. Сухо. Канцелярски. Одной строкой в новостях — и сразу полстраны стало старше на десятки лет.

К кладбищу тянулись машины. Люди ехали молча, прижимая к груди фотографии, письма, куски одежды, которые ещё пахли домом. По дороге никто не говорил о войне — будто она могла услышать и вернуться.

Там, за воротами, было другое время. Не день и не утро — просто свет, который не согревает. Сквозь него ходили женщины с белыми лицами и мужчины, у которых взгляд был где-то далеко, на той границе, где закончились слова.

Скорые стояли рядами, как припаркованные свидетели. Медики заранее поставили палатки между могилами — как будто заранее знали, что живые будут падать чаще, чем опустятся гробы.

Борис шёл и чувствовал, что земля под ногами стала чужой. Кладбищенская дорожка была похожа на узкий коридор госпиталя: слева боль, справа боль, впереди — боль, которая делает вид, что она порядок.

Когда начали опускать первые гробы, воздух сгустился. Вокруг поднялся гул — не шум толпы, а один общий, тяжёлый звук, как в шахте, когда вагонетка идёт по рельсам и ты слышишь её ещё до того, как увидишь.

Потом начался вой. Он не принадлежал одному человеку. Он был сразу отовсюду — как будто сама страна кричала через матерей. И Борис понял: если этот звук войдёт внутрь, он там останется навсегда.

У входа стояли солдаты, молодые, с теми же глазами, что были у мальчишек на фронте: взрослые глаза в слишком молодом лице. Они не знали, как здесь стоять. На фронте всё проще — там есть враг, направление, приказ. Здесь врагом была боль, и она не имела направления.

Борис ловил отдельные слова: фамилии, номера частей, места гибели. Всё звучало одинаково, как список на складе. И от этого было ещё хуже: жизнь человека превращали в строчку, чтобы не сойти с ума тем, кто читает.

Он заметил, что люди держатся за мелочи. За ремешок сумки. За пуговицу на пальто. За край платка. За руку рядом стоящего. Как будто, если отпустить хоть одну мелочь, всё рухнет.

Когда священник или офицер говорил речь, слова проходили мимо. В этот день речь не доходила до мозга. Она оседала где-то в груди, как пепел. И Борис чувствовал: в груди у него тоже становится тесно, словно там лежит чужой камень.

Он понял, что кладбище — это не место. Это механизм. Он перемалывает человека медленно, без шума, и делает так, чтобы ты жил дальше, но уже другим — меньше, тише, осторожнее.

Глава 2. Пустые гробы и отсутствие конца

*О*н увидел, как закрывают гробы. Крышки ложились на ящики тяжело, но пусто — без той окончательности, которая бывает, когда прощаешься с телом.

У войны есть особая жестокость: иногда она не оставляет даже того, что можно похоронить. Она забирает человека целиком, а взамен оставляет форму — как оболочку, чтобы близким было куда прийти и на что поставить свечу.

Внутри многих гробов было совсем мало. Иногда — фуражка. Иногда — ремень. Иногда — кусок гимнастёрки. Чаще — земля с поля, где погиб солдат, чтобы ящик не звучал пустым.

И именно это сводило людей с ума. Потому что похороны — это не только память. Это последняя граница. Последняя возможность сказать: «вот он», «вот конец», «вот я отпускаю».

Здесь отпустить было невозможно. Здесь хоронили не человека, а знак того, что он был. И знак не закрывал боль — он оставлял её открытой, как дверь ночью.

Так похоронили и его друга. Закрытый ящик. Без взгляда. Без последнего «прости». Борис стоял, смотрел на крышку и понимал: сейчас ему предлагают поставить точку там, где в душе запятая, а иногда даже вопросительный знак.

Когда ящик ушёл под землю, он почувствовал не облегчение, а провал. Будто что-то внутри него тоже опустили — и засыпали сверху мокрой тяжёлой землёй.

Кто-то рядом прошептал: «Хотя бы увидеть... хотя бы один раз...» — и этот шёпот был страшнее крика. Он звучал так, как звучит просьба в темноте, когда ты уже знаешь, что ответа не будет.

Борис думал о том, как люди в древности закрывали глаза умершим. Это было простое действие: ладонь, касание, последний жест. Здесь не было даже этого. Война забрала жест, оставила только коробку.

Когда опускали гроб его друга, Борис заметил, что его руки дрожат. Он спрятал их в карманы, чтобы никто не видел. Мужчины умеют скрывать дрожь. Женщины кричат, мужчины молчат — и от этого внутри у них громче.

Он хотел запомнить лицо друга, но перед глазами стояла крышка. Дерево. Лак. Гвозди. Запах свежей доски. И этот запах навсегда смешался у него с памятью о человеке, которого он любил как брата.

Борис поймал себя на абсурдной мысли: «А если открыть?» — но тут же понял, что открывать нечего. И это знание резало сильнее, чем любая правда.

Когда всё закончилось и люди стали расходиться, кладбище не стало тише. Оно продолжало гудеть, как перегретый металл. И Борис понял: эта вибрация поселилась у него в костях.

Глава 3. Ночи поиска

*«Иногда тишина страшнее
любого выстрела.»*

После кладбища он перестал спать. Сон — это доверие. А доверие у него отобрали за несколько дней.

Ночью он вскакивал, как по тревоге, и начинал искать друга. Ощупывал пустоту в комнате, словно пустота могла быть чьей-то спиной. Прислушивался к тишине — а вдруг там, в ней, спрятан чей-то голос.

Мысли приходили по кругу. «Вдруг он в плену». «Вдруг он жив». «Вдруг он просто не найден». И самая страшная мысль: «а вдруг я сплю спокойно, пока он где-то ждёт».

Эти мысли не давали покоя. Они не были логикой — они были наказанием. Борис мог сидеть у окна до утра, смотреть на тёмный двор и ждать, что кто-то войдёт. Не потому, что верил. Потому что не мог не ждать.

О посттравматическом синдроме тогда не говорили. Врачи лечили тело, как лечат металл: выпрямить, зашить, перевязать. Душу никто не умел перевязывать.

Да и война у него закончилась быстро — через три или четыре дня после ранения. Но страх войны не измеряется днями. Он измеряется тем, что ты не смог спасти. Тем, что ты пережил и не смог забыть.

Лучший друг погиб — и вместе с ним погибла часть Бориса, которую нельзя было похоронить даже в закрытом ящике.

Днём он пытался вести себя нормально. Улыбался знакомым. Кивал соседям. Слушал, как люди обсуждают цены, работу, погоду — и не понимал, как они могут говорить о погоде, когда где-то вчера закопали землю вместо человека.

Он ловил себя на том, что ищет друга в толпе. В автобусе. На рынке. В очереди за хлебом. Каждое похожее лицо било по нервам, как удар током: на секунду сердце прыгало, потом падало обратно в пустоту.

Иногда ему мерещился звук шагов у двери. Он вставал, шёл открывать — и за дверью было ничего. Тишина. Соседский коридор. И в этой тишине он слышал собственное дыхание, слишком громкое.

Он перестал доверять телу. Тело могло расслабиться — а он не позволял. Он держал себя в напряжении, как держат руль на скользкой дороге: отпустишь — и улетишь в кювет.

Ночи становились длиннее. Время растягивалось. Каждая минута была отдельной комнатой, из которой надо выйти, но дверь не открывается.

Он начинал понимать, что человек может умереть не сразу. Можно продолжать ходить, говорить, есть — и всё равно быть наполовину по ту сторону, где лежит закрытый ящик.

Глава 4. Первая волна: водка и земля

«Человек возвращается с войны
не весь.»

У него было две волны выхода из этого состояния. Первая —
короткая, как вдох на морозе. Вторая — тянулась долго, как тень
за человеком в пустыне.

Он полностью потерял себя. Это было страшное время. И
страдала не только его душа — страдала его бабушка. Она не
понимала войну, но понимала последствия: когда человек рядом, а
глаза как у того, кто уже где-то далеко.

В первый вечер он нашёл бутылку водки и выпил её целиком. Он
никогда раньше не пил — и потому водка не была привычкой. Она
была инструментом. Способом выключить свет внутри.

Он упал на землю, прижался к ней рукой — и начал разговаривать
с другом. Не как с мёртвым. Как с тем, кто просто ушёл в другую
комнату и сейчас вернётся.

Ему казалось, что друг отвечает. И чтобы слышать этот голос, он начал пить каждый день. Не ради удовольствия. Ради провала. Ради того момента, когда сознание сдаётся и мир становится мягким, как вата.

Он ложился на землю и слушал её. Мог лежать часами. Его рвало, его тошнило, потому что тело сопротивлялось, а душа требовала.

В пьяном состоянии он становился опасным. Он мог броситься на людей, кричать в небо: «Где он? Я хочу знать, где он!» — будто небо обязано отвечать.

Первые дни пьянства были не праздником, а работой. Он пил как солдат выполняет приказ: быстро, без вкуса, без наслаждения. Задача была одна — не чувствовать.

Когда он ложился на землю, он прижимал щёку к холодному грунту и слушал. Ему казалось, что из земли поднимается звук, похожий на далёкий разговор за стеной. И он готов был отдать всё, чтобы этот разговор стал ясным.

Иногда он шептал: «Скажи мне, что ты жив...» — и сам же отвечал себе: «Ты сумасшедший». Но ответ не помогал. Он снова пил, чтобы закрыть спор внутри.

Соседи начали избегать его. Он видел, как они отворачиваются, когда он идёт по лестнице. Он слышал, как закрываются двери. И это делало его злее: ему казалось, что весь мир сговорился молчать о главном.

Бабушка пыталась говорить с ним, но он не слышал. Он слушал только землю. И это было самым страшным: живой человек рядом превращался в фон, а мёртвый становился главным собеседником.

Однажды он очнулся на земле и понял, что лежит уже не час — он лежит половину ночи. Небо было чёрным, звёзды неподвижными, и ему показалось, что мир замер, ожидая, что он примет решение: жить или уйти следом.

Глава 5. Тень у кровати

«Память не спрашивает,
готов ли ты помнить.»

И именно после этого началось то, что изменило его навсегда. Он пережил встречу с Всевышним. Не с другом — с Богом.

Однажды ночью Борис лежал в своей кровати и смотрел в потолок. Тишина была густой. Он ещё не спал, но уже не бодрствовал. Это состояние между — самое опасное. Там страхи становятся предметами.

Перед кроватью, в воздухе, появился силуэт. Огромный плащ с капюшоном. Лица не было. Глаз не было. Только тень. И эта тень не стояла на полу — она висела, как будто воздух держал её так же, как держал его отчаяние.

Потом он услышал голос. Голос шёл не от силуэта — он звучал со всех сторон, как в кинотеатре, когда вокруг динамики и ты не можешь понять, откуда именно идёт звук.

Голос сказал: «Чего ты хочешь? Зачем ты меня звал?»

Борис ответил честно, потому что перед таким голосом нельзя лгать: «Я хочу только один раз увидеть глаза моего друга и обменяться с ним двумя словами».

Ответ был спокойный: «Это возможно».

Он не испугался сразу. Сначала было удивление — как будто мозг не поверил глазам. Потом пришло чувство, что всё это логично. Что в его состоянии такое могло случиться только так: не через людей, а через тень.

Силуэт не угрожал. Он просто был. И от этого было хуже: угроза — это событие, а присутствие — это закон. С таким не спорят.

Борис понял, что разговаривает не с тем, кого можно умолять. Это было похоже на разговор с самим устройством мира. Как будто ты подошёл к стене, и стена вдруг ответила.

Когда голос сказал: «Это возможно», Борис почувствовал под ложечкой холод. Внутри него кто-то радовался — и одновременно кто-то понимал: за возможность платят.

Он хотел спросить: «Почему ты мне?» — но не спросил. В тот момент он уже не выбирал. Он был выбран.

Голос звучал спокойно, даже чуть устало, как будто ему не впервые объяснять человеку, что смерть — это не конец, а смена помещения.

И Борис почувствовал, что между его кроватью и кладбищем нет расстояния. Есть только тонкая перегородка, которую можно пройти словом.

Глава 6. Инструкция

Дальше пошли инструкции. Точные, как приказ. И от этого становилось страшнее: Бог говорил так, как будто это обычное дело, как будто такие сделки заключают каждую ночь.

«Возьми простыню, две свечи и будильник. Иди на кладбище, где он похоронен. Накрой могилу простынёй. Поставь по бокам свечи. И главное — заведи будильник на две минуты».

Две минуты. Всего две. А звучало это как срок, который отсчитывают перед расстрелом.

Голос предупредил: когда будильник зазвонит, тебе может не захотеться меняться местами. Если ты не поменяешься — ни тебе, ни ему никогда не будет покоя.

«Общаться вы сможете только тогда, когда поменяетесь местами. Он будет стоять там, где ты. А ты — лежать там, где он».

И вопрос, от которого у Бориса похолодели руки: «Готов ли ты вернуться обратно, когда зазвонит будильник?»

Он ответил: «Я готов». Потому что в такие моменты человек отвечает не умом. Он отвечает болью.

Когда прозвучали слова «поменяетесь местами», он представил это не как метафору. Он представил холод земли под спиной. Тесноту. Тяжесть. И на секунду его накрыло животным ужасом.

Но сразу же поднималась другая волна — упрямая, яростная: «Если надо — значит надо». Боль умеет быть смелой. Она смелее разума.

Ему захотелось спросить: «А если я не успею?» — но голос уже говорил дальше, как будто любые «если» здесь не принимаются.

Он запомнил будильник особенно. Потому что будильник — это человеческая вещь. Механическая. Простая. А ему предлагали воткнуть её в мистику, как гвоздь в облако.

В этих инструкциях не было ни слова о прощении. Ни слова о милости. Только действие. Как на фронте: сделай это — выживешь. Не сделаешь — погибнешь.

Когда он сказал «Я готов», он не понимал, что именно обещает. Он думал, что обещает риск. На деле он обещал себя целиком.

И тогда молитва вошла в комнату, как холод входит в открытое окно.

Глава 7. Кладбище

«Время идёт,
а внутри всё стоит.»

Тогда голос начал читать молитву на языке, которого Борис не знал. Это был не разговорный язык. Это был язык молитвы — отдельный, как закрытая комната в доме, куда входить можно только на коленях.

Он ничего не понимал, но запоминал всё. Каждое слово ложилось в голову, как металлическая стружка: холодно, остро, навсегда.

Когда молитва закончилась, силуэт исчез. Как будто растворился в воздухе. И Борис проснулся резко, как после падения.

Он ничего не мог повторить сознательно — но всё сделал так, как было сказано. Поехал на кладбище. Простыня. Свечи. Будильник.

И когда он встал перед могилой и открыл рот, из него полилась молитва — та самая. Без усилий. Без ошибок. Он не понимал ни слова, но слова знали дорогу сами.

Тогда начался гул. Земля задрожала. Воздух вибрировал. Трещины пошли по кладбищу. Не одна, а много — будто кто-то снизу пытался открыть крышку мира.

Из земли начали подниматься тела. Они молились. С каждым словом поднимались всё выше. Борис чувствовал, что голова сейчас расколется. Оставалось последнее слово — и в этот момент он проснулся.

Язык молитвы звучал так, будто его нельзя произносить вслух в обычной жизни. Каждое слово будто цепляло воздух и оставляло в нём царапину.

Борис пытался повторять про себя, но не успевал. Слова текли быстро, и он понимал: запомнить это невозможно. А потом понял другое: запоминать будет не он. Запоминать будет что-то внутри него, что живёт глубже памяти.

На кладбище было темно, но в его сне всё было видно. Свечи горели ровно, как будто ветер боялся их тронуть. Простыня лежала на могиле, белая на чёрной земле, как больничный лист на ране.

Когда начался гул, он почувствовал его не ушами — зубами. Зубы дрожали, челюсть сводило. Воздух стал таким плотным, что казалось, можно задохнуться от самого звука.

Трещины шли по земле, как молнии. И каждая трещина была похожа на шрам, который открывается заново.

Тела поднимались медленно, как будто земля не хотела отпускать их. Они двигались в молитве, качаясь вперёд и назад, и Борис вдруг понял: это не про него одного. Это про всех. Про всех, кто не закрыл своё прощание.

Последнее слово было как край обрыва. Он уже видел, что за ним — и просыпался. Просыпался, как спасённый и проклятый одновременно.

Глава 8. Месяцы повторов

«Иногда жизнь продолжается
вопреки тебе.»

Это был сон. Но он повторялся каждую ночь. Месяцами.

Каждый раз он доходил до последнего слова — и просыпался раньше. Будто кто-то не позволял ему закончить. Будто это слово было ключом, который открывает дверь, за которой уже не возвращаются.

Днём Борис жил, как человек, который не проснулся окончательно. Он ходил по улицам, как во сне. Смотрел на людей и не верил, что они настоящие.

Ему казалось, что его настоящая жизнь начинается ночью, когда он снова окажется на кладбище. Он ждал ночи, как наркоман ждёт дозы, потому что только там его боль имела форму и смысл.

Он пытался подготовить голову к последнему слову. Заматывал её полотенцами. Делал себе самодельные тиски, чтобы удержать череп, как будто череп можно удержать железом, если внутри него раскалывается страх.

Он убеждал себя, что не боится, что выдержит. Но страх не слушает убеждений. Страх живёт отдельно.

И каждый раз — на последнем шаге — он просыпался в поту, хватаясь за голову, будто действительно держал её руками, чтобы она не разлетелась.

Пот стекал по спине, простыня становилась мокрой, как после тяжёлой работы. Он менял её каждую ночь, как будто менял кожу, но новая кожа не спасала.

Он начал ненавидеть утро. Утро не приносило облегчения — оно приносило ожидание ночи. Днём он был пустым. Ночью — наполненным страхом и целью.

Его мысли сужались до одного: закончить молитву. Сказать последнее слово. Дойти до конца. И чем больше он хотел, тем сильнее тело сопротивлялось.

Он пробовал спать днём, чтобы обмануть ночь. Не помогало. Сон приходил только тогда, когда хотел он сам, а не когда хотел Борис.

Ему казалось, что он слышит будильник даже днём. Фантомный звон, тонкий, как игла. И каждый раз этот звон поднимал в нём паническую волну.

Он начал записывать детали сна в тетрадь: где стоит свеча, как лежит простыня, какой звук первым появляется в воздухе. Он пытался превратить безумие в карту. Потому что карта — это контроль.

Но карта не работала. Потому что в этом месте мира контроль принадлежал не человеку.

Глава 9. Когда сон стал жизнью

«Страх не исчезает.
Он учится молчать.»

Потом началось самое опасное: он перестал понимать, где сон, а где реальность.

Он просыпался, шёл на кухню пить воду — и думал, что это тоже сон. Он возвращался в постель — и не был уверен, что кровать не могила.

На улице он мог подойти к незнакомому человеку и попросить: «Ущипни меня. Сильнее. Сделай мне больно, чтобы я понял, где я». Люди смотрели на него, как на безумца, и отходили.

Иногда ему приходила мысль: заставить кого-то ударить его. Спровоцировать драку. Пусть удар будет настоящим — тогда он поймёт, что живёт, а не спит.

Он сам боялся этих мыслей, но не мог их остановить. Война учит: когда внутри всё горит, ты ищешь любой холод.

Он терял чувство времени. Если его спрашивали, день сейчас или ночь, он не мог ответить. Он мог сидеть у окна и ждать будильника, которого не было.

И всё это видела бабушка. Она держала дом, как держат потолок, который готов рухнуть: руками, нервами, молитвами.

Он начал путать лица. Врач мог показаться ему арабом из скорой. Сосед мог показаться солдатом с фронта. Любое слово могло стать сигналом тревоги.

Иногда он ловил себя на том, что разговаривает вслух в пустой комнате. Он говорил другу то, что не успел сказать. И ему казалось, что кто-то слушает.

Потом он понимал, что это он сам слушает себя — и от этого становилось ещё страшнее.

Он перестал есть нормально. Еда была без вкуса. Вкус был только у воды после ночного пота — вода была как доказательство, что тело ещё работает.

Борис мог стоять у зеркала и не узнавать взгляд. Глаза были его, но не его. В них было слишком много ночи.

Он начал бояться тишины. Потому что тишина была тем же самым, что было перед появлением силуэта. И каждый раз, когда в комнате становилось слишком тихо, он ждал, что тень снова придёт.

В какой-то момент он понял, что может случайно перейти грань. Не специально. Случайно. Просто однажды не вернуться из сна.

И эта мысль стала ещё одним будильником, который звонил внутри.

Он держался за бабушку взглядом. За её руки. За её привычку ставить чайник. За её тихие молитвы.

Она была его последней ниткой к жизни, хотя сама этого не знала.

Глава 10. Бабушка и врачи

«Самые тяжёлые дороги —
обратные.»

Бабушка повела его по врачам. Она верила в людей в белых халатах, потому что больше верить было не во что.

Врачи слушали его, но не понимали. Он пытался объяснить, что каждую ночь он почти говорит последнее слово, которое может поменять местами живого и мёртвого. Что его голова не выдерживает. Что он живёт внутри сна.

Они выписывали лекарства. Седативные. Снотворные. Что-то «для нервов». Они лечили симптомы, потому что не знали причины.

Борису было всё равно. Он хотел только быстрее вернуться в кровать, чтобы снова увидеть сон. Снова подойти к последнему слову. Снова попытаться закончить.

Иногда он думал: может, это наказание. Не за водку. Не за крики. А за то, что он остался жив, когда друг ушёл.

Иногда он думал: может, это испытание. Но испытание чего? Его воли? Его веры? Его желания умереть?

Бабушка сидела рядом и молчала. Она не могла войти в его сон, но могла держать его руку, чтобы он не ушёл слишком далеко.

В кабинете врача пахло спиртом и бумагой. Борису казалось, что этот запах похож на госпиталь на фронте, и от этого его начинало трясти.

Врачи задавали вопросы: «Когда началось?», «Вы спите?», «Вы пьёте?» — и он слышал в этих вопросах не заботу, а попытку поставить его в рамку. А он не помещался в рамки. Он жил между могилой и кроватью.

Бабушка спорила с врачами, требовала объяснений. Она говорила: «Он хороший мальчик. Он просто пережил войну». И в этих словах было всё: любовь, страх, бессилие.

Лекарства иногда давали ему несколько часов тяжёлого сна без сновидений. Он просыпался и чувствовал, что его обокрали: у него забрали ночь, в которой он пытался закончить молитву. Он злился даже на облегчение.

Он не хотел быть «пациентом». Пациент — это тот, кого лечат. А он считал, что его не лечат, а ждут, пока он сам сломается или сам справится.

Иногда ночью бабушка вставала и проверяла, дышит ли он. Она делала это тихо, как вор. Потому что боялась, что однажды он не будет дышать.

Борис видел её страх и чувствовал вину. Но вина не лечит. Вина только делает ночь темнее.

Глава 11. Спидометр

*«Человек устает не от событий,
а от их эха.»*

*Однажды пришла простая мысль. Не молитва. Не знак. Просто
мысль: если во сне он едет на кладбище, значит он садится в
машину и едет. Значит, утром машина должна стоять не там,
где стояла. И спидометр должен показать другое.*

*Он записал цифры на бумажке перед сном. Как бухгалтер
записывает кассу, чтобы утром проверить, не украли.*

*Проснувшись ночью, он шёл пить воду и сразу же спускался вниз —
проверять машину. Проверять реальность.*

*Спидометр не менялся. Машина стояла на месте. Бумажка
совпадала с цифрами. И Борис впервые за долгое время улыбался —
коротко, без радости, но с облегчением: значит, это сон. Значит,
он ещё здесь.*

Он начал доверять не людям и не словам. Он начал доверять железу. Потому что железо не фантазирует и не путает миры.

Через несколько ночей он перестал заматывать голову. Он сказал себе: «Попробую ещё раз. Если расколется — пусть». И вдруг — ничего не произошло. Он просто уснул. И проснулся утром.

Без сна. Без гудения. Без кладбища. Тишина пришла тихо — и от этого была ещё страшнее.

Мысль о спидометре пришла не как откровение, а как усталость. Когда усталость становится настолько сильной, что мозг цепляется за самое простое, лишь бы выжить.

Он начал записывать не только цифры, но и положение машины: куда смотрят колёса, насколько близко она стоит к бордюру, как отражается лампа в стекле. Он делал фотографию глазами, чтобы утром сравнить.

Проверка машины стала ритуалом. Он просыпался, шёл пить воду, потом спускался вниз. Холодный воздух подъезда бил в лицо. Металл машины был холодным, настоящим. Он касался его ладонью, как касаются живого.

Каждый раз, когда цифры не менялись, он чувствовал, что возвращается на миллиметр. Не на шаг — на миллиметр. Но миллиметры складываются в дорогу.

Он начал позволять себе маленькие вещи: поесть нормально, выйти на солнце, поговорить с человеком, не думая, что это сон. Это были крошечные победы над ночью.

И однажды он уснул и проснулся утром без сна. Он сначала испугался. Пустая ночь — тоже страшна. Потому что пустота напоминает о закрытом гробе.

Но потом он понял: тишина — это тоже жизнь. Просто другая. Тихая. Осторожная.

Глава 12. Тишина после

«Прощение не всегда приходит.
Иногда приходит принятие.»

С тех пор сон больше не возвращался. Не было финального слова. Не было обмена местами. Не было встречи.

От всей истории остался один вопрос: как он мог повторять молитву, не понимая ни слова? Слова жили в нём отдельно, как осколки, которые не нашли и не вынули.

Остался и другой страх: что сон может вернуться. Не ночью даже — днём, внезапно, когда он расслабится и забудет, что был на границе двух миров.

Друг больше не приходил. Он остался в сердце. Там, откуда он никогда не уйдёт. Друг стал частью его дыхания: вдох — память, выдох — вина.

Борис иногда ловил себя на том, что избегает думать о той ночи. Потому что мысль — это дверь. А он не хотел снова оказаться у неё.

Он говорил себе простую фразу: во всём гениальном всегда простые вещи. И его вернул в жизнь не ангел и не видение — его вернул спидометр. Маленькая шкала с цифрами. Простой якорь для человека, который тонул.

И всё же война не закончилась до конца. Она просто научилась молчать. А молчание бывает страшнее выстрелов.

Он пытался вспомнить последнее слово молитвы, но оно не приходило. Как будто его специально не дали, чтобы он не открыл дверь.

Иногда он думал: может, это и есть милость. Не дать человеку сделать то, о чём он просил в отчаянии. Потому что отчаяние плохо просит — оно просит смерти, думая, что просит покоя.

Годы спустя он всё равно боялся вспоминать. Он боялся даже рассказывать. Потому что рассказ — это повторение. А повторение могло быть вызовом.

Но память о друге не была вызовом. Она была тихой комнатой в сердце, куда он заходил редко и осторожно, как заходят в комнату умершего, чтобы не трогать вещи.

Он говорил мысленно: «Прости, брат». И добавлял: «Я не смог прийти к тебе тогда». И в этих словах было всё, что осталось от той войны: вина, любовь, бессилие и какая-то упрямая жизнь.

Его спасла простота. Спидометр. Цифры. Железо. В этом была странная истина: иногда человека возвращает к реальности не чудо, а приборная панель.

Но война всё равно осталась внутри. Просто она научилась молчать. А молчание — это тоже звук. Просто его слышишь только ночью.

Глава 13. Запрет на память

*«Есть потери,
которые становятся частью имени.»*

Прошли недели, потом месяцы. Сон не возвращался, но его тень жила рядом, как память о боли, которая может снова проснуться.

Борис научился делать вид, что всё нормально. Он выходил из дома, работал, разговаривал. Но внутри держал одно правило: не подходить близко к той двери, которую когда-то почти открыл.

Он избегал кладбищ. Избегал свечей. Избегал будильников, которые звонили слишком резко. Любой звон мог стать первым ударом по нервам.

Иногда на улице кто-то говорил слово «поменяться» — и у него внутри холодела спина. Он улыбался, кивал, продолжал разговор, а сам в это время видел белую простыню на чёрной земле.

Ночью он прислушивался к тишине. Не к звукам — к отсутствию звука. Потому что тень приходила именно тогда, когда становилось слишком тихо.

Он начал понимать: память — это не архив. Это минное поле. Ты можешь идти годами и ничего не случится, а потом наступишь на один единственный звук — и всё взорвётся снова.

Поэтому он запретил себе думать. Запретил себе разбирать ту ночь. Запретил себе искать объяснения. Объяснение могло быть ниткой обратно в бездну.

Но запрет не стирает. Он только загоняет глубже. И иногда Борис чувствовал: там, под запретом, живёт вопрос. Он не кричит. Он просто ждёт.

Вопрос был простой и страшный: кто говорил с ним — Бог, его разум или война, которая научилась говорить молитвой?

Он не пытался ответить. Потому что ответ мог быть опаснее неизвестности.

Глава 14. Кухня. Бабушка

*«Иногда нужно дойти до края,
чтобы остановиться.»*

Однажды вечером бабушка села рядом с ним на кухне. Чайник шумел, как маленький двигатель. На столе лежал хлеб, который они не трогали. Еда была только поводом собраться вместе.

Она долго молчала, потом сказала тихо, будто боялась, что слова услышит кто-то третий:

— Я видела, как ты уходил из жизни, пока ты был рядом.

Борис поднял глаза. Он хотел сказать что-то умное, благодарное, взрослое. Но из него вышло только воздух.

— Я боялась, что однажды ты не вернёшься, — продолжила она. — Не из сна. Вообще.

Её руки дрожали. Не от старости — от того, что она слишком долго держала дом на себе, пока он падал.

Борис вдруг понял: его безумие не было только его. Оно было общим. Бабушка жила в нём вместе с ним — только без видений, без молитв. Она жила в ожидании, что его тело останется, а он уйдёт.

Он сказал: — Прости.

И это слово было единственным, что он смог произнести честно.

Бабушка кивнула. Она не ждала объяснений. Она ждала только одного — чтобы он был здесь. Чтобы его дыхание было слышно утром.

В этот вечер он впервые позволил себе плакать. Не как ребёнок. Как человек, который слишком долго держал лицо, пока внутри рушилось.

Глава 15. Письмо брату

*«Не каждая рана закрывается.
Некоторые просто перестают болеть.»*

*Н*очью он не спал. Но теперь это была другая бессонница — не паника, не ожидание сна, а тихая, ровная боль.

Он достал бумагу и сел писать письмо другу. Не для того, чтобы отправить. Для того, чтобы наконец сказать то, что не сказал над закрытым гробом.

«Брат, прости, что я не видел твоих глаз в последний раз. Прости, что не было прощания. Я стоял над крышкой и чувствовал, что хороню не тебя — хороню дыру внутри себя».

Он писал медленно. Каждая фраза выходила, как кровь из раны — не потому что её много, а потому что она настоящая.

«Я искал тебя по ночам. Я думал о плене. Я думал, что ты ждёшь. Я не мог позволить себе спать. Я пытался поговорить с землёй, как будто земля — телефон».

Он остановился, положил руку на лист и понял: он снова слышит тот гул. Не настоящий — памятью. Гул кладбища. Гул трещин. Гул молитвы.

Он продолжил: «Если там есть место, где ты слышишь — знай: ты живёшь во мне. Не как боль. Как ориентир. Как то, что держит меня от падения».

Он дописал: «Я не знаю, кто приходил ко мне тогда. Бог или война. Но я знаю другое: я остался. Я не поменялся местами. Я не ушёл. Может, это трусость. Может, это милость. Но это моя жизнь. И я буду нести тебя в ней, пока не встречу тебя там, где не нужны будильники».

Он сложил лист, спрятал его в книгу и выключил свет.

И впервые за долгое время тьма в комнате не показалась ему врагом. Она была просто тьмой. Без силуэта.

Глава 16. Тишина, которая приходит

*«Незаконченная война —
это жизнь, которая всё-таки продолжается.»*

Эпилог не бывает точкой. Он бывает линией, которую ты проводишь сам — чтобы не вернуться туда, где земля разговаривает с тобой.

Борис иногда ловил себя на том, что всё ещё считает звуки. Громкий хлопок двери — как выстрел. Стук каблуков по лестнице — как шаги караула. Звонок телефона — как будильник на две минуты.

Но теперь он знал: звук — это только звук. И если ты успеешь назвать его, он не станет видением.

Он научился жить маленькими привычками. Утренний чай. Ключи в одном кармане. Записка на столе. Простые вещи держали сильнее, чем большие слова.

Иногда он всё же ехал мимо кладбища и чувствовал, как внутри поднимается холод. Он не поворачивал голову. Но мысленно говорил: «Я помню».

И этого было достаточно.

Война отняла у него веру в спокойный сон. Но подарила другое — понимание, что человек выживает не героизмом. Он выживает якорями.

Его якорем оказался спидометр. Цифры на панели. Ничего священного. Ничего красивого.

Просто доказательство, что реальность стоит на месте, если ты сам никуда не уехал.

Иногда он думал: может, именно в этом и была милость. Ему дали не последнее слово молитвы, а простую проверку мира. Не дверь в смерть — а ручку от двери назад.

И когда он вспоминал друга, он уже не искал его в земле. Он искал его в себе — в том, как держит слово, как не обижает слабого, как не даёт зверю войны снова вырасти внутри.

Многие люди несут войну в себе

дольше, чем длится сама война.

Они живут рядом с нами, и иногда им просто нужен тот,

кто готов услышать.

Потому что незаконченная война заканчивается только тогда: когда ты перестаёшь передавать её дальше.

И тогда тишина действительно приходит.

Не сразу. Но приходит.

— Alex Avetis

— ◊ —

Эпилог

О том, что остаётся

Эта книга не закрывает войну.
Она лишь показывает, где она заканчивается
внутри одного человека.

Эта книга заканчивается,
но история не заканчивается так же.

Война умеет уходить без прощания.
Она может исчезнуть из новостей,
из разговоров, но остаться в человеке
как тихий шум внутри тишины.

Я объединил эти две части не для того,
чтобы поставить точку,
а чтобы провести линию: где заканчивается война
и где начинается возвращение к себе.

Если в этих страницах есть боль —
она не для того, чтобы передавать её дальше.
Она для того, чтобы остановить её здесь.

Чтобы не делать из памяти оружие.
Чтобы не превращать чужую смерть
в оправдание для новой жестокости.

Память остаётся.
Но со временем она может перестать
быть приговором
и стать ответственностью: беречь живых,
не стыдиться слёз,
не требовать от себя быстрого возвращения,
не давать тьме говорить вместо сердца.

Если читатель узнал в этих страницах себя —
значит, он не один.

*Если после прочтения внутри станет тише —
значит, эта книга была нужна.*

Иногда этого достаточно.

— Alex Avetis

ИСТОРИЧЕСКАЯ СПРАВКА

В истории существуют войны, которые заканчиваются подписанием соглашений, прекращением огня и сухими строками архивов. Но есть и другие войны — те, что продолжаются внутри человека ещё долго после того, как смолкают выстрелы.

В октябре 1973 года началась война Судного дня — один из самых трагических и переломных конфликтов Ближнего Востока XX века.

6 октября, в день Йом-Кипур — день тишины, молитвы и покаяния, — Израиль подвергся внезапному нападению коалиции арабских государств во главе с Египтом и Сирией. Первые часы и дни войны стали временем хаоса, страха, потерь и тяжёлых решений, от которых зависели жизни тысяч людей.

Бои развернулись на Синайском полуострове и Голанских высотах. Солдаты уходили на фронт, семьи ждали новостей, города жили между тревогой и надеждой. Но за пределами военных карт и официальных хроник существовала и другая реальность — человеческая. Реальность боли, утраты, вины, памяти и попытки снова обрести самого себя.

Потому что война меняет не только границы. Она меняет дыхание человека, его взгляд, его тишину.

Эта книга посвящена именно той части истории, которую невозможно измерить цифрами.

БЛАГОДАРНОСТИ

Эта книга родилась из памяти — той памяти, которая не исчезает со временем, а становится частью сердца.

Я благодарю свою семью — за любовь, терпение и за всё то, что было передано без слов. За силу, которая поддерживает человека даже тогда, когда он сам её в себе не чувствует.

Особая благодарность тем, кто прошёл через войну и сохранил в себе способность любить, сострадать и жить дальше. Тем, кто пережил утраты, но не позволил боли стать наследием для следующих поколений.

Я благодарю читателей, которые открывают такие книги не ради развлечения, а ради понимания. Ради памяти. Ради человечности.

И я благодарю тех, кого уже нет рядом. Иногда именно их молчаливое присутствие помогает нам продолжать путь.

— Alex Avetis

ОБ АВТОРЕ

***Alex Avetis** — автор, чьи книги обращены к памяти, внутренней жизни человека и тем следам, которые история оставляет в душе.*

Его литературный интерес сосредоточен на темах войны, утраты, семейного наследия, выживания и способности человека возвращаться к жизни после пережитого.

В своих текстах он соединяет историческую основу, художественную атмосферу и психологическую глубину, исследуя не только события прошлого, но и то, как они продолжают жить в настоящем.

Он пишет, чтобы сохранить момент, когда человек делает выбор — и становится собой.

Среди его работ — Madness of War и Grandmother and Her Suitcase.

Издательский проект автора — Alex Avetis Publishing.

Дополнительная информация: alexavetis.com

www.ingramcontent.com/pod-product-compliance
Lightning Source LLC
Chambersburg PA
CBHW051435140726
47987CB00006B/2385